글벗시선 211 신광순 시 · 단상집

애증愛憎의 강을 건너며

불타는 집(火宅)에서 나오거라

사바세계 娑婆世界

아들아!
우리가 살고 있는 이 세상은
불교에서는 사바세계라 한단다.
사바세계란 감인계(堪忍界)를 뜻한단다.
그 뜻은 참고 견디어야 하는 뜻이란다.
지금 너의 현실을 아무리 부정해 봐도 소용없고
가슴속에 말술을 부어 봐도 소용없단다.

어머니!
증오심을 품고서 산다는 것은
하루하루 화택(火宅)에 들어앉아 있는 것 같아요.
언제쯤 이 가슴속 불을 끌 수 있는 비가 오려나요?

아들아!
내가 들어앉아 있는 불타는 집을 위해
비는 오지 않는단다.
네가 스스로 그 집에서 나오거라!

오늘도 누군가를 미워하며
애증의 강가에서 서성이는 분들께
이 글을 바칩니다

증오하는 마음은
내 자신을 돌아보면 애증으로 바뀌고
애증 속에는 미움과 사랑이 같이 자리 잡습니다.

오늘 하루가 내 생에 또 한 번의 기적인 것은
미워하는 마음속에는 사랑하는 마음도 같이 있음을
늦게나마 알았기 때문입니다.

애증은 어느 쪽으로 끌고 가느냐에 따라
미움이 계속될 수도 있고 사랑이 될 수도 있겠지요.

누군가에게는 지난 세월이 역겨운 냄새일지 모르지만
아픈 세월의 향수도 될 수 있겠지요.
애증의 강가에서 서성이는 분들께 이 글을 바칩니다.

2024년 1월에 저자 신광순

차 례

제2부 애증의 세월

제3부 오늘 내가 끌고 가는 것은 무엇인가

제4부 쓰러지는 것보다 중요한 것은

제5부 자네가 걸려 넘어지는 것은

제1부

애증愛憎의 강을 건너며

오늘
평생 못 건널 것 같던 이 강을 건너며
나는 당신에 대한 증오의 감정을 다 버리고
오직 사랑하는 마음으로
다 식어간 구들장을 다시 뎁히며
후회 없이 살겠습니다

제1부 애증의 강을 건너며

애증의 강가에서

강물이 마르기를 기다려
애증의 강을 건너려 한다면
당신이 건너려는 용서의 강은
당신이 살아있는 동안
절대로 마르지 않을 것이다

어머니!
애증의 강가에서
청춘에 시작된 망설임이
백발이 되도록 서성이다
오늘 애증의 강을 건너려고
뱃사공 없는 나룻배에
마음을 실었습니다.

어머니!
형제를 증오하며 보낸 세월이
사랑하고 이해하며 산 세월보다
너무 길었습니다.

말 한마디에 인연이 끊어졌고
욕심 때문에 가슴이 얼어붙어
그 긴 세월 얼어붙은 가슴을

부여잡고 살았습니다.

어머니!
이제 이 강을 건너면
증오하는 마음을 버리고
사랑하는 마음만 품고 살겠습니다.

오늘 마침표(.)를 찍으면서

오랜 세월
아물지 않는 상처를 쓰다듬으면서
증오하는 마음에 마침표를 찍지 못하고
끊임없이 쉼표만 찍으며 살았다.

계절이 바뀔 적마다
되돌이표를 찍어
상처받던 날로 돌아가
대답 없는 물음표에
같은 것을 되돌리고
되돌리며 살아온 세월

오늘 애증의 강을 건너면서
사랑하는 마음만 남기고
미워하는 마음에
되돌릴 수 없는 마침표를 찍는다
다시는 되돌릴 수 없게…

애증의 세월

남을 가슴 아프게 한 것은
아마도 죄가 아니고 실수였을 것이다.
그러나 용서를 빌지 않는 것이
진짜 죄가 아닐까 생각한다.

애증의 세월은
증오심의 분노가 아니고
눈물 속에 감춰진 가슴의 통증이었어.

애증의 세월은
바닷물과 같이 모든 것이 다 섞인
짜디짠 세월이었어.

애증의 세월은
해가 뜨면 생기는 사물의 그림자처럼
내가 받은 상처의 그림자였어.

애증의 세월은
시뻘건 강물에 떠내려가는
내 어머니의 하얀 고무신이었어.

애증의 그림자

형제지간에 말 없는 증오심이 용서를 막는 담장이다.
오늘 그 담을 허물지 않으면 당신은 그 담장 안에서
미이라가 될 것이다.

하늘 아래 그림자는
사물을 직선으로 바라본 형태의 진실이다.
가슴 속을 들여다본 영혼이 없기에
속을 보지 못한 흑백으로만 표현한다.

그림자는 영혼이 없다.
실체를 감춘 허상이다.

애증의 그림자는
사랑하는 마음이 가려진 검은 그림자다.

눈을 감고 당신을 생각하면
무지갯빛의 그림자가 보이는데
현실의 눈을 뜨고 바라보면
오늘도 당신의 검은 그림자만 보이네.

고시래! 고시래! 고시래!

천지신명이시여!
오랜 세월 증오의 골짜기에서
용서의 농사를 지으며
올가을 수확한 애증의 곡식으로
오늘 떡을 빚었습니다.

시루떡 맨 아래는
증오의 세월을 갈아 빚었으며
중간에는 애증의 가루를 넣었고
위에는 용서의 가루로 빚었습니다.

시루떡 층층이 애정과 사랑을
팥고물보다 진한 정성을 넣고
눈물로 쪄서 만든 떡입니다.

천지신명이시여!
이제 홀로 남은 외로움이
빈집을 지키며 살지라도
제 마음을 하늘에 올리나이다.
고시래! 고시래! 고시래!

* 고시래 : 산이나 들에서 음식을 먹거나 굿 또는 이바지가 왔을 때 자연신에게 음식물을 조금씩 떼어 놓거나 던지는 행위로 희망과 풍년을 기원하는 행위로 '고수레'의 사투리.

증오심 고려장高麗葬을 지내고 오면서

배가 침몰하는 주원인은 과적이다.
너무 무거워 무게를 달 수 없는 나의 증오심
애증의 강을 건너려면
내 마음의 무게를 줄여야 한다.

오늘 너무 오래되고 녹슨 증오심을
상주 없이 지게에 지고
다시는 돌아오지 못할
깊은 산속에다 버리고 오는 중이다.

두 발 달린 짐승이 아니니
다시는 살아서 돌아와
내 가슴속에 자리 잡지 못할 것이다.

신주처럼 모시며
상전처럼 시키는 대로 따라 하던 증오심
내 가슴의 모든 그릇에
거짓말과 욕심으로 가득 채워져 있던 증오심

오늘
한 번만
단 한 번만 뒤돌아보며 안녕을 고한다.

지남철의 애증

우리는 한 몸에 붙어있으면서도
N극과 S극이라는 이름으로
항상 마음은 서로 다른 곳을 바라보며
자기의 고향만을 그리워하며 살았지.

우리는 서로가 당기는 마음보다는
서로를 배척하고 밀어내는 데만 온 힘을 다했지.

적당히 떨어져 있어야 불화가 없었고
서로가 멀리서 그리워해야만 사랑인 줄 알았지.

당신이 꽃 피는 봄이면, 나는 낙엽 지는 가을이었고
당신이 여름이면, 나는 얼어붙은 겨울이면서
우리 사이엔 한 계절이 우리를 막고 있었지.

이제는 알았지.
서로가 밀어내던 세월은
더 큰 하나가 되기 위한 채움의 공간이었다는 것을

우리가 배척하고 밀어내기만 하던 세월은
애증의 투병 기간이었음을 이제야 알았지.

꽃샘추위

무거운 옷 다 벗어 던지고
물 위에 떠 있는 낙엽을 타고서라도
애증의 강을 건너려고 서성이고 있는데
내 가슴에 꽃이 피는 것을 시샘이라도 하듯
벌거벗은 이 가슴을 움츠리게 하는
시샘 추위가 웬 말인가?

긴 겨울 추위를 견디고
어렵게 맺힌 사랑의 꽃망울을
움츠리게 만드는 시샘
꽃샘추위

다 내려놓은 줄 알았는데
지나간 증오의 싸늘한 바람이 목덜미를 감아 도네.
식생(植生)도 시샘하는데
인생(人生) 시샘이야 이제는 버려야지.

꽃샘추위는
시샘이 아닌 떠나는 마음의 아쉬움이겠지
아쉬움 없이 이 강을 건너자.

증오의 변곡점을 지나면서

오늘도
뫼비우스의 띠를 따라 걸었다.

증오하는 마음으로 시작된 걸음이
한나절을 걷다보니
애증의 변곡점 언덕이 보인다.

그래, 누군가를 미워한다는 것은
어리석은 자의 가슴에 머문 불청객이었다.

내 수족과 같은 사람들을
미워하고 증오한 것은
나를 스스로 해친 자위행위였다.

오늘, 이 애증의 변곡점에서
미움이 사랑으로 바뀌길 기도하며
먼 산 위의 구름을 따라간다.

* 변곡점 : 곡선이 오목한 곳(凹)에서 볼록한 곳(凸)으로 또는 볼록한
　　　　　곳에서 오목한 곳으로 바뀌는 자리를 나타내는 말
* 뫼비우스의 띠 : 좁고 긴 직사각형의 종이를 한 번 꼬아서 양쪽 끝을
　　　　　맞붙여 이루어지는 띠를 말함. 안쪽 면과 바깥면의 구별이
　　　　　없다. 독일 수학자 뫼비우스가 창안한 데서 이름이 유래했다.

눈물을 감추면서

광장에서 소리 내어 흘린 눈물은
돌아서면 마르지만
베갯잇을 적신 눈물은
밤이 새도 마르지 않는다.

마르지 않는 눈물을
당신에게 들키지 않으려면
숨기고 감추는 방법밖에는 없었어.

눈물이 내 앞길을 막는 장애물이었지만
그 장애물이 있었기에
증오의 길로 과속하지 않았어.
복수할 기회를 노리는 분노를 삭힐 수 있었어.
그나마 다행인 것은
눈물이 시냇물보다 빨리 말라서
흔적을 감출 수 있었어.

오늘도 눈물을 감추면서
애증의 강을 건너기 전에
당신 몰래 한줄기 눈물을 흘립니다

눈물꽃(설강화 雪降花)

아직은 애증의 겨울이 다 가지 않았는데
아직은 얼어붙은 가슴이 봄의 문턱에서 서성이는데
아직은 하늘에 부끄러워 고개를 쳐들지 못하고
하얀 눈물의 꽃을 먼저 내밉니다.

혹독한 증오의 추위를 견디고
세상에 먼저 내미는 나의 애증의 마음에
아직 벌과 나비는 나를 찾아오지 않았지만
내 하얀 눈물로 꽃을 피우고
다가올 웃음과 사랑을 기다립니다.

비록 꽃샘추위가 나를 움츠리게 할지라도
오늘 하얀 희망의 꽃을 고개 숙여 피웁니다.
당신을 위해…
나를 위해…

* 설강화(雪降花) : '눈물꽃'이라고 하며 봄에 가장 먼저 피는 알
뿌리화초로 하얀 꽃이 고개를 숙이고 있는 모습이 너무 청초하다.

상사화相思花의 푸념

남들은 때가 되면 잎과 꽃이 한 줄기에 매달려
바람에 흔들리며 사랑을 나누는데
우리는 한뿌리에서 시작된 인연인데도
서로가 얼굴 한번 보지 못하고
살아야만 하는 운명이란 말인가?

이른 봄부터 희망의 푸른 잎을 내밀고
당신을 기다려왔건만
오뉴월 뙤약볕에 잎이 다 말라비틀어져도
오지 않는 당신을 원망하며 시들어갑니다.

나는 긴 세월 어두운 땅속에서
당신에게 줄 꽃송이를 만들어 고개를 내밀었건만
당신은 기다림에 지쳐 타들어 간 흔적만 남기고
이미 떠나고 없네요.

우리의 운명은 한 뿌리에서 시작된 인연이지만
단 하루도 같이 할 수 없는 운명이네요.
이것이 우리의 사랑인가요?
하늘이시여! 기다리지 못하고 서두르지 못한
우리의 과거를 용서하소서!

* 상사화 : 수선화과에 속하는 여러해살이풀로 '이별초'라고도 하며 입
이 먼저 나와 다 말라버리고 난 후에 꽃대가 올라와 꽃을 피운다.

애증(사랑과 미움)의 띠

사랑하는 마음과 미워하는 마음이
따로 있는 줄 알았는데
오랜 세월 증오의 세월이 흐르다 보니
사과 속에 들어있는 씨앗처럼
사랑의 씨앗도 함께 있었네.

증오하는 마음속에 사랑의 씨앗이 영글어 있었고
사랑과 미움은 벗어날 수 없는 내 인생의 굴레였었네.

참고 기다린다는 것은
시간 낭비만은 아니었어.
기다린다는 것은 내면에서 일어나는 충돌을
미움을 막고 서 있는 나를 지킨 울타리였어.

제2부

애증의 세월

살다 보면

눈을 가려야 할 때가 있고
귀를 막아야 할 때가 있고
입을 다물어야 할 때가 있다.

그중에 살아보니
입 다물고 사는 것이 최고더라.

제2부 애증의 세월

벼락 맞은 대추나무의 침묵

가난한 청춘이 하늘을 바라보며
오색 무지개를 꿈꾸던 어느날 나는 날벼락을 맞았지.

꽃은 늦게 핀 놈이 열매는
제일 먼저 익어 제사상에 오른다고….
겉은 멀쩡한데 속은 벌레 먹은 열매만 달고 있다고…
나뭇가지가 남의 울타리를 넘었다고…

그때부터 벽조목霹棗木이라는 이름으로 개명을 하고
나의 침묵은 시작되었지.

여보게!
영원한 침묵이 무엇인 줄 자네는 아는가?
날벼락 맞고도 이렇게 타다 남은 꿈을 끌어안고
자네를 생각하며 서있는 것이 영원한 침묵이라네..

여보게!
이제부터는 타다 남은 가지들을 짊어지고
이 자리에 서서 풀벌레들의 등불이나 되겠네.

여보게!
아무나 벼락 맞는 것은 아니겠지?
하늘 끝에 가까운 자가 맞는 것이겠지?

* 벽조목(霹棗木) : 벼락 맞은 대추나무

말하지 않으면 귀신도 모르는 세월

언 땅에서는 씨앗이 싹트지 못하듯이
내 가슴이 얼어붙어 아무것도 싹이 틀 수 없었어.

사랑을 전하는 연을 하늘에 띄우고 싶었지만
바람 없는 날만 택해 연을 들고 벌판에 서 있었지.

천사는 가슴으로 부르는 줄도 모르고
사랑의 물기 없는 입으로만 외쳐댔지.

이 허허로운 상실의 공간에
긴 침묵이 나를 슬프게 하는 세월이었어.

그래도 침묵은 인간의 영원한 의무라기에
모든 걸 침묵으로 대답하며 살았지.

말하지 않으면
귀신도 모르는 증오의 세월…

상처의 침묵이 오기까지

가장 지독한 거짓말은 침묵이다.
낯선 사람이 나를 비방할 때 가장 좋은 대답은
침묵으로 경멸하는 것이다.

내가 침묵을 지킨 이유는
나를 욕하고 범하며 모략하는 낯선 사람으로부터
내가 피신할 수 있는 유일한 피난처였기 때문이다.

진실을 세상에 모두 밝히는 것이
사랑과 우애와 정의는 아니라고 생각했지.
가까운 사람 간에 지킨 침묵은
더 진실할 수가 있어서 그렇게 했지.

형제지간 불화의 침묵은
부모님이 내리신 의무이고
미래에 사랑을 낳는 산실이라고 생각했지.

그동안 내가 지킨 침묵에
타인이 되어 머리를 쓰다듬어 주고 싶다.
눈물을 감추면서 …

당신과 나 이것만 해봤더라면

통분
내가 당신을 당신이 나를 잃어버린 이유는
우리가 추구했던 사랑의 분모를 섞어서 같게 만들었어도
지금의 당신과 나처럼 바다 건너 별은 아니겠지

공통분모
당신이 나를, 내가 당신을 만나지 못하는 이유는
우리가 가지고 있던 잣대를 같은 크기로만 만들었어도
지금의 당신과 나처럼 상사화로 피지는 않겠지

최소공배수
당신의 계산과 나의 계산이 서로 달랐던 이유는
서로가 허영을 버리고 가장 작은 것을 찾았더라면
지금의 당신과 나의 애정의 높이는 다르지 않겠지

최대공약수
당신과 내가 다시는 볼 수 없는 이유는
우리는 큰 것과 작은 것 구분할 줄 모르는 바보였지
통분, 공통분모, 최소공배수, 최대공약수만 알았더라도
지금의 당신과 나는 아니겠지

* 통분 : 분모가 다른 분수나 분수식의 분모를 같게 만드는 일
* 공통분모 : 여러 개의 서로 다른 분수를 크기가 변하지 않게 통분한 분모
* 최소공배수 : 둘 이상의 정수와 공배수 중에서 가장 작은 것
* 최대공약수 : 둘 이상의 정수와 공배수 중에서 가장 큰 것

어처구니가 없네

어처구니없는 맷돌 돌리고
일 시키는 시어머니
기가 막혀 할 말이 없네

낫 없는 놈
낫 빌려주었더니
내 밭에 곡식 베어가네
기가 막혀 할 말이 없네

물에 빠진 놈 건져놓았더니
내 보따리 내놓으라 하네.
참말로 어처구니가 없네.

딱새가 애써 지어놓은 집에
뻐꾸기알 낳고 제 새끼 품으라 하네
해도 해도 정말
어처구니가 없네.

* 어처구니 : 맷돌의 손잡이
* 어처구니가 없네 : 일이 너무 뜻밖이어서 기가 막힌다는 관용적 표현

내 눈물의 의미

내 눈물보다
더 진실한 내 자신이 어디 있겠어?

내 눈물보다
더 슬픈 애정의 언어가 어디 있겠어?

내 눈물보다
내 속을 드러내는 표현이 어디 있겠어?

내 눈물보다
이 가슴의 통증을 어루만져준 손길이 어디 있겠어?

내 눈물보다
내 자신을 숨긴 피난처가 어디 있겠어?

아직도 내가 숨어있는 곳은 소리 없는 눈물 속이야
그러나 이제부터는
지나간 슬픔에 새 눈물을 낭비하지 않겠어.

당신의 빈자리

눈이 내려야 할 정월에
이틀 밤 사흘을 두고 비가 내렸다.
우산도 없이 흰 옥양목 저고리를 걸치고
어둠 속에 나의 작은 새는 말없이 떠났다.
젖은 가슴 움켜쥐고
버드나무 끊는 것 같은 절연의 아픔에
그대의 절름발이 환상은 몸서리쳤다.
찌그러진 마차 바퀴 덜컹대며 구른 황톳길에
산 그림자 길게 드리우고
작은 새의 발자국 하나
모래 위에서 숨을 헐떡인다.
바다는 쉬지 않고 가슴을 깎아 밀어내는데
작은 기억 하나
석촉이 되어 가슴에 박힌다.
나의 조부 어느 간이역에서
숨죽이며 북간도로 떠날 때
이런 선율 가슴에 닿았을까?
고성 속에 갇힌 작은 새가 운다.
어린 꿈의 그림자가 흐느적거린다.

너와 나의 빈자리
절반만 그릇을 비웠어도
그 고랑이 이리 넓고 깊지는 않을 텐데

공염불

이끼가 낀 석탑
알 수 없는 침묵 속
삼천 번을 돌면 소원이 이루어진다고
으스름달밤 하얀 소복의 여인
무엇을 위해 저렇게 애절히 돌고 있나

삶이 저리도 간절한데
왜? 먼발치 돌부처는 말이 없나

희미하게 들려오는 목탁 소리는
오늘도 공염불인가
여인 따라 같이 돌던 이 가슴에
밤은 깊어 별빛만 가득 내리네

무당벌레 앞에서 쓰러진 술잔

무당벌레는 날 수 있는 날개를 가졌지만
아무 때나 비상 날개를 펴지 않는다.
무당벌레는 하루일과를 기는 것부터 시작한다.
무당벌레는 더 이상 기어갈 수 없을 때 날개를 편다.

천 사발의 술을 마시고
오뉴월 가뭄에 논바닥처럼
애정이 말라 갈라질지라도
나 그대에게 말하지 않으리.
쓰러지는 술잔의 의미를…

술잔 속에 녹은 뒤뚱거린 세월의 그림자
아무리 깊을지라도
나 그대에게 돌을 던지지 않으리.
나의 기다림을 위하여…

내 발목 잡힌 것만 원망한 세월

사나운 개는 목에 줄을 매어 묶어놓으면 되고
소는 코를 뚫어 코뚜레를 끼워 다루면 되고
말은 채찍으로 길들이면 되고
도둑질하는 고양이는 목에 방울을 달면 된다.

몰래 지나가는 바람을 잡으려면
처마 밑에 풍경(風磬)을 달아놓으면
바람은 지나가다 들키게 마련인데
지나가는 바람을 그물로 잡으려고 했던 어리석음
이것이 그동안 내가 용서를 잡으려고 한 행위였다.

사람은 발목만 잡으면 다 잡은 줄 알았는데
사람은 발목만 잡으면 몸만 잡은 것이고
마음을 잡아야 다 잡은 것이라는 것을
이제야 뼈저리게 느꼈네.

내 발목 잡힌 것만 원망한 세월

애증의 삼원색

내가 만든 상처의 물감 삼원색
증오(빨강), 용서(파랑), 애증(노랑)을
아무리 잘 섞어 봐도
셋이 합쳐진 가슴속에는
검은 그림자만 생기네.

하늘이 주신 사랑인 빛의 삼원색
애정(빨강), 용서(파랑), 사랑(초록)은
마음만 잘 다듬으면
셋이 합쳐진 가슴속에는
하얀 빛살 밝은 미래가 보이네

* 물감의 삼원색 : 빨강, 파랑, 노랑, 세 가지 색이 합쳐지면 검은색이 나옴.
* 빛의 삼원색 : 빨강, 파랑, 초록, 세 가지 색이 합쳐지면 흰색이 나옴.

비겁한 마음을 숨길 때

증오심을 품고 살아오면서
가끔은 어둠이 편안했다.
비겁한 마음을 숨기기에는

용서하지 못하고 살아오면서
가끔은 후미진 으슥한 길이 편안했다.
남의 눈에 띄지 않으니까

용서를 빌지 못하고 살아오면서
가끔은 거짓말이 쉬웠다.
상처를 숨기기에는

애증을 품고 살아오면서
가끔은 눈과 귀와 혀가 원망스러웠다.
미래를 바라보는 눈과
끊임없이 들려오는 현실과
참기 어려운 혀 때문에…

절부지(節不知) 같은 놈

나이가 몇 살인데
아직도 인생의 계절이 바뀐 것도 모르고
언제 철이 들려나

계절이 바뀐 것도 모르는
절부지 같은 놈
씨를 뿌려야 할 때가 있고
거둬들여야 할 때가 있는데
한여름에도 가슴이 얼어붙어
사랑의 씨앗을 뿌리지 못하는 놈.

아직도 절부지의(竊鈇之疑)를 버리지 못하고
물 위에 비친 그림자만 보고 쫓아가는 놈
나는 아직도 절부지야.

* 절부지(節不知) : '철부지'는 '절부지'에서 나온 말로 계절이나
　　　　　　　　　　때를 모를 때 비유하는 말임.
* 절부지의(竊鈇之疑) : 도끼를 훔쳐 갔다고 의심하는 것, 공연한 의심

세월 앞에 겸손하지 못한 오늘 하루

내가 걸려 넘어진 것은
태산(泰山)이 아니라 작은 돌부리였다.

쓰러지는 것보다 중요한 것은
다시 일어서려는 의지였다.

내 앞에 시련은
나를 넘어뜨리려는 것이 아니라
나를 강하게 만드는
논산훈련소 각개전투장이었다.

여태까지 살아온 날들은
신의 은총이었고
오늘 하루는 또 하나의 기적이었다.

흐르는 세월에 이루지 못함을 서운해 하지 말고
오늘부터는 세월 앞에 더 겸손해야 할 것 같다.
알코올에 끌려가지만 말고 …

도모지(塗 칠할도, 貌 얼굴모, 紙 종이지)

사지가 묶인 몸매
물에 젖은 창호지를 얼굴에 겹겹이 바르고
숨조차 쉴 수 없는 증오의 수렁
어떻게 해 볼 도리가 없네

마음을 다해 오랜 세월
빌고 또 빌었는데
세월이 지나도 아물지 않는 상처
홀로 남은 그리움의 빈집을 지키며
아무리 사랑의 물을 주어도
싹이 트지 않는 용서는
오늘도 어쩔 수 없네.

도모지
도모지
도무지 모르겠네….

* 도모지 : 조선시대 때 행하던 사형방식으로 집안의 윤리를 어긴
사람들을 죽이기 위해 따로 행하였음. 천주교 박해 때도 쓰인 것
으로 사람의 사지를 결백해 놓고 젖은 창호지로 얼굴에 겹겹이 발
라 숨을 못 쉬게 해 사형을 집행하던 방식임. 도무지가 도모지에
서 유래했다는 설도 있음.

나 자신에게 한 지독한 거짓말

거짓말도 오래 하다 보면
진실이 되고 나 자신도 속는다.

나는 나 자신에게
지독한 거짓말을 하며 살았다.

가슴속에는 증오의 감정이 똬리를 틀고 앉아
독사 대가리처럼 혓바닥을 날름거리며
기회를 엿보고 있는 놈에게
참고 기다리면 봄이 오고 꽃이 필 거라고
믿음 아닌 희망을 주입하면서
거짓말을 하고 살았다.

사랑이라는 의자와 증오라는 의자에 걸터앉아
애증의 계절이 오기까지
나는 나 자신에게 고장난 축음기처럼
같은 소절을 "온다, 온다" 반복하여
희망이 없는 미음을 강요하며 살았다.

앉은뱅이꽃으로 살면서
남에게 한 거짓말보다

내 자신에게 한 거짓말이
그래도 결국은 용서의 힘이 되었음을
오늘 실감하면서
내 등을 내가 두드려준다.

제3부

오늘 내가
끌고 가는 것은 무엇인가

세상의 짐

세상의 짐은
들고 가야 할 것이 있고
지고 가야 할 것이 있고
이고 가야 할 것이 있고
버리고 가야 할 것이 있다.
바보 같은 놈
당기면 다 되는 줄 알고
기를 쓰고 당기고만 있었네
당기면 당길수록 커지는 것이
욕심이고 증오심인데 …

제3부 오늘 내가 끌고 가는 것은 무엇인가

미련한 소의 여물 한 함지

앞서가는 소나 고삐 잡고 뒤따르는 늙은이나
하나밖에 모르는 우직하고 미련하긴 마찬가지

늙은 농부가 쑤어 준 여물 한 함지
캄캄한 외양간에서 가난한 입에 쑤셔 넣고
오늘 하루를 곰곰이 되새김길 하는 중…

낮에 갈던 비탈밭을 따라
온 뼈 마디마디가 빠져나와 가시밭길을 거닐고
가시 달린 코뚜레에 이끌린 오늘 하루
깔깔한 혓바늘만 돋는다

밤새도록 어금니 닳도록
오늘 하루를 되새김질해도
아직도 삭히지 못한
증오의 여물 한 함지

채워지지 않는 애증의 물동이

늦가을 문밖엔 찬바람
깨진 물동이를 쓸어안고 떠날 줄 모르고
일상의 기다림에 갈증 느낀 나는
더 맑은 샘물을 마시려고
우물 앞에 섰다.

타인처럼 스쳐 지나는 바람
내 야윈 목덜미를 감아 돌고
우물 속에는
뒤뚱거리며 흐른 세월이 가득했다.
나는 나에게 부끄러워
발밑에 뒹구는 낙엽 하나로 하늘을 가렸다.
그리고, 처음부터 흔들림 속에 자란 꿈 자락에
미련을 보내며 바람에 떨었다.

삼년 가뭄에도 마르지 않는 우물
내 앞에 놓여있는 채워지지 않는 공간
두레박을 내려라! 내려!
물동이를 채워라! 샘이 마르도록 퍼내라!

밤하늘을 쳐다보며

어둠 속을 묻어버린
태어나지 못한 씨앗만큼이나
두레박을 내렸다.

갈증에 시달리는 것은
내가 아니고 애증이었다.
사그라져 가는 것은
내가 아니고 세월이었다.
무너져 내리는 것은
용서가 아니고 사랑이었다.
추락하는 것은 꿈이 아니고 믿음이었다.

바람은 몇 차례 삶의 큰 굽이를 틀었고
애증의 빛깔은 가을색을 띠는데
깨진 물동이는 우주 같은 공간을 잉태했다.

썰물 빠진 갯벌에
거대한 침묵이 무너지며
비상(飛翔)하는 갈매기는 노래했다.
좀 더 일찍 버렸어야지!
좀 더 일찍 알았어야지!
아무리 채우려 해도 채울 수 없다는 것을!
아무리 퍼내도 마르지 않는다는 것을!

술잔 속에 숨어있는 악마와 천사

작은 기쁨은 웃고
작은 슬픔은 울지만
생각하지 않았던 큰 기쁨은 울고
큰 슬픔은 사람을 웃게 만든다
내가 울고 있는 상처
아마도 꼭 오고야말 기쁨이 커서 그럴지도 모른다

어제도
쓰러지는 술잔 속에서
악마와 천사를 만났다.

오늘도 피할 수 없는 만남이다.

마시다 남은 술에는
천사도 우정도 이미 떠나고
미친개만 들어앉아 있다지만
이 허허로운 가슴의 빈자리를
채울 수 없어 …
기다림에 지쳐 …
다시 천사와 악마를 만난다.

오늘도 무정란(無精卵)

넓은 세상에
날개 달린 새가 날지 못하고
두 발 달린 짐승이 활개치지 못하고 닭장 속에 갇혀
쓸모없는 날개, 정조를 지킨 생식기만 퇴화시킨다.

도깨비바늘처럼 달라붙는 날고 싶은 욕망을
눈물 없이 털어버리고 아직은 젊은 모가지를 비틀어
새벽을 깨워보지만
깨울 수 없는 어둠, 어둠, 어둠 …

기다림에 둥글게 휜 가슴은
밤마다 꿈속에서 길 떠남의 채비를 하는데
깰 수 없는 하얀 세상은 또 하나의 새가 될 수 없는
무정란만 생산한다.

탄생은 곧 기다림이었다.
작은 우주 속에서 어머니의 따순 사랑을 기다리며
한켠으로 기울어져 가는 생의 그림자를 당겨보지만
어머니의 비밀스러운 해산을 알 리 없는 나의 기다림은
날마다 둥글게 알이 밴다.

기다림은 곧 절망이었다.
살아있으나 부화할 수 없는 씨앗
살아있다 하기엔 의미가 없고
떠남의 보따리를 싸기엔 아직은
너무 잔인하다.

산다는 것은
살아있다는 것은
이게 아닌데, 이것이 아닌데…

긴 기다림의 끝
나는 증오심의 장례식을 상주 없이 혼자 치르고
증오심이 잘려나간 날개자리에 사랑의 날개를 달고
부활을 꿈꾼다.

멋만 알고 맛은 모른 세월

멋만 알고
맛은 모른 세월.

눈으로 맛을 보고
입으로 멋을 부린 세월.

눈을 감고 세상을 보니 멋이 보이고
가슴으로 맛을 보니 참맛이 느껴지네.

이렇게 가벼운 것을
왜 그렇게 무겁게 담고 살았나.

멋만 알고 맛을 모른 세월
맛을 모르니까 멋이 최고인 줄 알고 살았지.

아직은 내 것이 아닌 자존심

출근할 때
내 것이 아닌 듯
문고리에 걸어두고 온 자존심이
얄팍한 지갑 속에 숨어와
하루 종일 등을 밀어댔다.

출근할 때
처자식의 몫까지 챙겨 가지고 온 인내심이
졸라맨 허리띠를 잡고 하루 종일 사정을 했다.
더 이상 못 참겠다고.

하루 종일
팽팽한 갈등 속에
부러짐과 휘어짐을 생각했다.

퇴근 무렵
멋쩍어 넣어본 주머니 속에는
비굴함인지 인내심인지 알 수 없는 것들이
손끝에 잡혔다.

퇴근길에
결국은 포장마차에 들러
치밀어 오르는 일상의 모난 생각들을
소주 몇 잔으로 눌렀다.

작두 타는 무당을 바라보면서

날은 독이다.
독사의 이빨 속에 감춰진
소름 끼치는 독이 보인다.

날은 서러움이다.
칼바람 부는 겨울밤
달빛처럼 차가운 서러움이 들어 있다.

날은 한이다.
쳐다보면 눈썹을 벨 것 같은
지난날의 모질고 독한 서릿발이 거기에 서려 있다.

아! 춤을 추는구나.
시퍼렇게 날이 선 작두 위에서 용할 것 없는
동네 무당이 맨발로 겅중겅중 춤을 추는구나
아! 춤을 추는구나. 시퍼렇게 날이 선 이별 위에서
상처받은 영혼의 발바닥이 만신창이 되도록 울부짖누나.
아! 서러운 세월에 깎인 날이여!
다시는 그대 앞에서 날을 이야기하지 않으리.
다시는 …

논두렁의 풀을 깎으며

끝이 보이지 않는 꿈을 꾸며
논두렁 풀을 깎았다.
올해 들어 벌써 세 번째다.
깎아도 언제 깎았냐는 듯
수만의 풀포기가 고개를 치밀고 오른다.

풀 지게 메고 들어오는 길에
내 주머니 속에도
쓸데없는 잡풀들이
수북수북 자라고 있었다.

증오의 세월을 뒤돌아보며

증오의 통증을 먼저 겪은 누군가가 말했지요.
증오는 정착된 분노라고
증오는 애정의 재(灾)라고.

선인들의 말씀처럼
증오는 결국 자책(自責)이었습니다.
증오는 결국 저같이 어리석은 자의
가슴에 오래도록 머문 나그네였습니다.

오늘 그 나그네가 머물던 자리를
훌훌 털어버립니다.

하늘이 주신 형제자매 지인의 인연
제가 잘 이어가지 못했지요.
잘못 만난 인연이 어디 있겠습니까?

형제는 수족과 같다고 했는데….

가을 벌판에 서서

익어가는 벼 이삭은 침묵을 지키며
고개를 쳐들지 않는다.

익어가는 누에는
평생 모아놓은 것을 뽑아내어
스스로 자신을 가두며
삶의 고뇌를 감춘다.

한여름 갈증에 시달리던 밤송이도
가시 맺힌 자신의 가슴을 찢어
그동안 모아놓은 재산을
세상에 떨구어낸다.

그래!
나도 가슴속 모나고 각진 세월의 파편들을 모아
미워하는 마음 눈물 사태 나지 않게 둑이나 쌓자.
막걸리를 친구삼아…

길삼사미에서의 방황

상처, 분노, 증오, 낙담을 지나
구불구불 설악산 애증의 단풍길
잃어버린 용서를 찾아 나선 길

한계령 위에 바위처럼 굳어
뒤돌아보는
증오의 세월 지나온 길
용서 넘는 길

몽당솔 상처를 깎아
이 고을 저 고을 흘러내려
엽전 줍던 주전골
백옥 같은 물 너무 아름다워 슬픈 길

오색 약수 마시고
찾아 나선 무지개길
어디에도 없는 길
가도 가도 새로운 길

안개 속에 나타난
내 앞에 길삼사미
어느 길에 잃어버린 용서가 있나
* 길삼사미 : 세 갈래로 난 길

날개 부러진 시인詩人

좀처럼 입을 열지 않는
상처뿐인 시인의 가슴에
소주 몇 잔 부어대면
응어리진 단어들이 날개를 달고
탈출을 시작한다.

나오는 것은
입에 담을 수 없는 욕이 되고
주인도 못 알아보는 미친개가 되고
가끔은 보지도 못한 향기 나는 꽃이 된다.

술 마려운 어느 시인의 가슴에
소주 몇 잔 부어대면
풀지 못한 꼬인 매듭들이 썩어간다.
그것은 독이 되고
약이 되고 병이 된다.

날개 부러진 시인은 입이 없다.
술 마시는 멍텅구리 항아리 밖에.

내 그림자에게도 부끄러운 세월

아무도 없는 허허벌판을 홀로 걸으면서
나를 따라오는 세월의 그림자가 부끄러웠다.

사랑과 믿음은 하루하루 쌓아가는 것이고
증오심과 상처는 하루하루 허물어가는 것인데
나는 거꾸로 쌓고 살았다.

매일 쓰는 낫은 하루만 써도 무뎌지는데
쓸수록 날카로워지는 혀를 가지고
용서를 이야기하고 사랑을 외쳤으니
그 얼마나 가증스러운 위선이었겠어.

남을 탓하지 말고
나를 돌아봤으면
지나온 세월이 걸림돌이 아니라
사랑의 이정표가 됐을 텐데…

제4부

쓰러지는 것보다 중요한 것은
다시 일어서는 것이라네

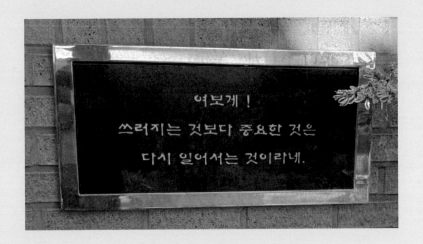

제4부 쓰러지는 것보다 중요한 것은
다시 일어서는 것이라네

오늘 한바탕 춤을 추자

어제 마신 술의 알코올 기운은 다 날아갔을지라도
오늘 맨정신으로 한바탕 춤을 추자

오늘 내 춤은 내 잘못을 온몸으로 비는 참회의 눈물이다.
오늘 내 춤은 하늘의 고마움을 표출하는 감사의 표현이다.
오늘 내 춤은 내 자신을 스스로 위로하는 어루만짐이다.

춤을 추자!
한바탕 허리가 휘도록 춤을 추자.
내 얼어붙은 가슴을 녹여
당신을 보듬기 위한 따뜻한 춤을 추자.

춤을 추자!
비록 초라한 모습의 몸부림일지언정
당신을 위하는 길이라면
초라함을 수치로 여기지 않겠습니다.

춤을 추자!
계절 따라 아름다운 꽃을 찾아다니는 철새는 날아갔지만
초가집 굴뚝 위에서 울어대는 텃새와
밤이 새도록 춤을 추자

언덕 위에 올라가 푸닥거리를 하자

속살을 감춘 삼각김밥처럼
입으로만 한 용서는 위선이었다.

언덕 위에서 푸닥거리를 하면
지나가던 개까지 다 쳐다본다.
숨어서 흔드는 손짓은
아무도 모른다.

주제 파악을 못 하고
뭐 그리 넓고 높은 곳을 보겠다고
바다를 본다고 산으로 올라갔고
산을 본다고 바다로 나간
나의 지난날 용서는
보여주기 위한 위선이었다.

언덕 위에 올라가
가면을 벗고
온 세상이 다 보도록 푸닥거리하자.

* 푸닥거리 : 살아가면서 생기는 생활상의 파탄을 메우기 위해 특
수한 힘을 얻어보려는 민간신앙

오늘도 지게를 지고 나무하러 갑니다

어머니!
오늘도 지게 발 없는 지게를 지고
오봉산 너머로 나무하러 갑니다.

어머니와 내 형제들이
추위를 피할 수 있게
안방과 건넛방에 군불을 지피기 위해
산 넘고 산 넘어 나무하러 갑니다.

가까운 앞산과 뒷산은
가랑잎까지 갈퀴로 긁어가 땔감이 없어
산 넘고 산 넘어가서 땅속에 박힌
고자배기를 도끼로 쪼아내고 있습니다.

해 질 녘 바소쿠리에
고자배기 한 짐 지고 오는 길에
내 등에 뜨거운 땀방울이
저를 보듬어주네요.

* 고자배기 : 나무를 잘라내어 땅속에 묻혀있는 죽은 뿌리

한번 손에 쥔 것
놓을 줄 모르는 원숭이를 보면서

멧돼지나 고라니는 부주의 때문에
올가미에 목이 걸려 인간에게 잡힌다.

쥐는 눈앞에 보이는 먹이를 보고
채워도 채워도 채울 수 없는 허기 때문에
덫에 걸려 죽는다.

원숭이는 올가미에 목이 걸려
인간에게 잡히는 것이 아니고
한번 손에 쥔 것을 놓지 않아 인간에게 잡힌다.

인간은 인간이 만든 올가미에 걸리고
손에 쥔 것을 움켜쥐고 기를 쓰다 죽는다.

그래, 손이 가벼우면 할 일이 많고
마음이 가벼우면 민들레 씨앗처럼
가볍게 하늘을 날 수 있겠지 ….

* 원숭이 잡는 법 : 원숭이는 올가미나 덫으로 잡는 것이 아니고
손이 들어갈 만한 호리병 같은 것에 먹잇감을 넣어 나무에 메어놓
으면 호리병 속에 손을 넣어 한 움큼 움켜쥐고 손을 빼려고 발버
둥을 치다 사람에게 잡힌다. 손에 쥔 것을 놓으면 쉽게 도망갈 수
있는데 한번 손에 쥔 것 놓지 않는 욕심 때문에 사람에게 잡힌다.

나를 비춰보는 거울 같은 친구

여보게 친구!
자네는 나를 비춰주는 거울이라네
나는 자네를 비춰주는 거울이고
자네를 보면 나를 보는 것 같고
나를 보면 자네를 보는 것 같겠지.

우리의 우정은 시장에서 산 것도 아니고
잔칫집에서 얻어먹은 국수도 아니지.
우리의 우정은 하늘이 주신 선물이라네.

자네가 아플 때나 내가 아플 때
우리는 바라만 봐도 통증이 사라졌지.
우리는 고백소에서 성사를 볼 때보다도
더 솔직하게 자신을 드러내며 우리의 우정을 다져왔지.

철새는 계절이 바뀌면 떠나갔지만
우리의 우정은 텃새로 떠날 줄 모르고
사시사철 굴뚝 뒤에서 짹짹거리며 살고 있지.

자네는 나를 비추는 거울
자네는 나의 만병통치약
자네와 나는 둘이면서
하나의 거울을 가진 사람이라네.

씨앗(種子) 앞에서

깊은 물은 소리 내며 흐르지 않는다.
얕은 물이 소리를 내며 흐르지…

거주 이전의 자유가 없어
한 번 뿌리 내린 곳이
고향이고 무덤인 식물.

사지가 뒤틀리는 갈증에도
하늘만 우러러보며
살아가는 식물 앞에
나의 불평불만은
사치다.

누에의 일생

한 랑의 검은 씨앗이 새벽처럼 깨어나
거친 잠박(蠶箔) 위를 설설대고 기어 다니며
생의 작은 매듭 열세 마디를 만들어
작은 세상 잠박 위에서 고개 휘휘 둘러
걸신거리며 살다
부활이라도 하듯 한 잠 자고 꺼풀 벗고
두 잠을 자고 꺼풀 벗고, 석 잠 자고 꺼풀 벗고
넉 잠을 자고 꺼풀 벗고
더 이상 벗을 것이 없는 알몸이 되면
누릇누릇하게 익어 높은 곳을 찾는다.

비록 거친 뽕잎만 먹고 살았어도
가슴, 가슴 깊은 속에 들어있는 것은
그리도 부드럽고 아름다운 비단이었네.

* 잠박(蠶箔) : 누에를 치는 데 쓰는 채반
* 누에 : 누에는 몸체가 열세 마디로 이루어졌으며 살아있는 동안
네 번 허물을 벗으며, 허물을 벗는 동안 가만히 있는 것을 잠을
잔다고 하며 종에 따라 네 번 또는 다섯 번의 잠을 자는 종도 있음.

울며 겨자 먹기

누군 좋아서 이렇게 사는 줄 알어?
누군 등신이라 속고 사는 줄 알어?
누군 말할 줄 몰라 입 다물고 사는 줄 알어?
누군 몰라서 언 땅에 씨 뿌리는 줄 알어?

가슴속에 맺힌 말을 하면
속은 후련하겠지만
곧 후회가 오는 것을 알고 있기 때문이야

진실은 복잡하지 않아
진실한 말은 아주 간단해
당신이나 나나
하늘을 덜 쳐다봐서 그래.

왜? 언 땅에 씨 뿌리냐구?
예견된 이별인 줄 알면서
나로서 끝내고 싶어
꼭 오고야 말 봄을 기다리며
언 땅에 씨 뿌리는 거야

하루살이의 감사기도

살기 위해 날갯짓을 한다는 것은 예술이야
살아있다는 것은 최고의 선(善)이야
비록 내 삶이 보잘 것 없을 지라도.

하늘을 날 수 있다는 것은 은총이야
빛을 볼 수 있다는 것은 희망이야
당신이 보기에 비록 하루를 살지라도.

끝내 다 못 가린 하루지만
사랑의 날갯짓으로 나이를 먹는 나로서는
백 년 같은 하루였어.

인간은 세월로 나이를 먹지만
나는 날갯짓으로 나이를 먹거든…

불나비 사랑

막이 내린 무대 앞에
홀로 남은 불나비 한 마리
무엇이 그리도 아쉬워 떠나지 못하고
스러져가는 불빛을 끌어안고
저리도 애절한 세월을 돌리고 있는가.

아!
젊음이여!
버릴 수 없는 추억이여!
그대는 결국
불 속으로 뛰어들 것을…

제5부

자네가 걸려 넘어지는 것은
태산이 아니라 작은 돌부리라네

제5부 자네가 걸려 넘어지는 것은

애증의 일기예보

첨단 장비와 사랑과 용서의 전문가로 구성된
심상청(心象廳)의 일기예보는 올 한해도 빗나갔다.

봄
올봄에는 애정의 온도가 높아져
예년보다 일찍 얼어붙은 가슴이 녹고 지온이 올라가
사랑의 씨앗을 뿌리기에 좋은 날씨가 될 것이며
개화 시기가 빨라서 웃음꽃을 일찍 볼 수 있다고 예보했다.

예보는 빗나갔다.
겨우내 얼어붙은 미움이 녹을 생각을 하지 않고
변덕스러운 미움 때문에 춘삼월인데도
아침이면 얼고 가슴이 시렸다.

여름
올여름에는 막혔던 가슴에 창문이 열리고
진실한 용서의 바람이 불어와 시원하겠으며
증오의 온도는 예년보다 낮아
시원한 여름이 될 것이라 했다.

예보는 빗나갔다.

증오심의 온도는 연일 최고치를 갱신해 열이 올랐고
어쩌다 애증과 사랑하는 마음이 커지는 듯하면
이 생각 저 생각에 열 받으면 열기는 식을 줄 몰랐다.

가을
올가을에는 한여름을 견딘 애정의 열매가
시원한 가을바람에 탐스럽게 익어갈 것이라 했다.

심상청 예보는 이 가을에도 빗나갔다.
어렵게 익어가는 애증의 열매에
한낮에도 우박이 쏟아지고
아침이면 서릿발이 하얗게 맺혔다.

겨울
올겨울은 기상관측 이래 유례없이
가장 포근하고 따뜻한 겨울이 될 것이며
어떠한 미움도 얼어붙지 않는
포근한 겨울이 될 것이라 했다.

올 한해 예보는 빗나갔다.
아픈 가슴 변덕스럽기가 손바닥 뒤집듯 했고
알코올 기운에 가슴이 녹는 듯하다간
다시 얼어붙었고
애증의 강가에서 서성이다 보낸 세월이 전부였다.

못의 푸념

뜨거운 불 속에서
둥근 머리를 달고 태어나
희망치로 머리를 얻어맞으며
나의 기다림과 침묵의 세월은 시작되었지.

오늘날까지 누군가를 잡아주고
떨어진 두 개를 이어주며
허리가 휘도록 늙어만 가고 있어.

처음부터 내 운명의 거역이라는 것이
고작해야 매질에 못 견디겠으면
휘어짐과 부러짐이
내가 할 수 있는 전부였어.

내 앞에서 운명을 논하지 마!
내 앞에서 눈물을 흘리지 마!
내 앞에서 ○○하지 마!

아직도 기다리는 이 마음

오이 꼭지만큼 쓸쓸한
애증의 이 맛

그 긴 세월
못 잊음 하나 때문에
향기 없는 꽃을 심어놓고
당신을 기다려왔습니다.

언젠가는 당신이 찾아오리라는 믿음을
모태신앙처럼 굳히면서
오늘도 가슴속 잡초를 뽑으며
소태를 씹으며 기다리고 있습니다.

나의 목마른 기다림이 몸부림칠지라도
천년세월 전설로 남을지라도
나의 기다림에 종지부를 찍지 않으렵니다.

임이시여!
임 기다리는 이 마음
날이 갈수록 화석처럼 굳어져 갑니다….

아직 남은 꿈을 위로하며

작은 꿈이 무너진 기둥 밑에는
아직 푸른 이끼가 돋고 있습니다.

현실과 이상의 틈바구니에서 삶을 긍정했고
그래도 당신을 사랑했습니다.

우리가 꾸었던 작은 꿈의 왕국들이
파도처럼 솟아올랐다가 가라앉으며
아득한 꿈 자락만 넘실거리는데
아직 남아있는 당신의 미소는
꿈인가요?
환상인가요?

오늘도
아직 남은 꿈을 위로하며
심지를 돋웁니다.

삶은 신기루

삶은 신기루
무언가 있을 것 같은 허상을 따라
허기지도록 걷고 나면
거기엔 겨우 냉수 한 사발

삶은 신기루
무언가 잡힐 것 같아 쫓아가 보면
저만큼 달아난 또 다른
또 하나

삶은 신기루
얄팍한 믿음 속에
하루하루는 까마득하고
정작 괴로운 것은 스치는 바람 소리뿐

삶은 신기루
풀리지 않는 매듭에
소주 한 잔 부어대면
바람이 일고 또 흔들린다.

눈(雪)의 눈물

하늘을 오르던 용서의 마음이
차가운 현실의 냉기를 못 이기고
가슴이 얼어붙기 시작했다.

더 이상 날 수 없는 애증의 무게 때문에
원점으로 추락하기 시작했다.

추락은 하얀 절망의 꽃가루였다.
추락은 소리 없는 울음이었다.
추락은 가냘픈 흔들림이었다.

긴 방황의 끝
애증의 고향인 지상에 내려와
다시 물이라는 예전의 이름으로
흐느적거리기 시작했다.

긴 흐느적거림의 끝
다시 한번 사랑이라는 이름으로
그의 영혼은 하늘 높이 오르기 시작했다.

민들레 꽃씨가 길 떠나면서

긴 세월 인내하며 꽃을 피웠지만
나는 손과 발이 없이 태어나
날 찾아오지 않는
당신을 찾아가고 싶어서
온몸에 날개를 달았지요.

언젠가 나를
당신 곁에 데려다줄 바람이 불면
당신을 찾아 정처 없이 떠나렵니다.

바람이 불면 바람 따라
비가 오면 비에 젖어
젖은 날개 퍼덕이며
당신을 찾아가렵니다.

당신 앞에서 꽃을 피우고 싶어서

부채질을 하면서

마음을 흔들면 바람이 일어난다
적당한 바람은 꺼져가는 불씨를 살리지만
센 바람은 타던 불도 끈다.
바람이란 불을 피우기도 하고 끄기도 한다.

24. 부채를 흔들면
    광목 치마를 입으신 엄니가 계신다.
    여름밤 꿈 많은 자식에게
    별을 한 삼태기 쓸어 모아 주시던 엄니가

25. 부채를 흔들면
    꼬부라진 아부지가 계신다.
    긴 겨울밤 해소기침 소리로 세월의 문풍지를
    울리던 아부지
    생쑥을 태워 모깃불을 피워주시던 아부지가

26. 부채를 흔들면
    미완성 소야곡이 들려온다
    남들 다 제시된 조건을 갖추고
    한 단계 한 단계 매듭을 지을 때
    꼭 반 박자 모자란 나의 못갖춘마디는 아쉬움뿐
    그것은 시작부터 불완전한 소절이었다.

27. 부채를 흔들면
   절름발이 청춘이 뒤뚱거린다
   아직도 목발을 짚고 벼랑 끝에 서 있는
   평생 불구의 가련한 청춘이

28. 부채를 흔들면
   아물지 않은 상처의 통증을 느낀다.
   만질수록 덧나는
   노병의 빛바랜 훈장 같은 상처가

29. 부채를 흔들면
   벌거벗은 내 유년의 소용돌이가 움직인다.
   때로는 흔들지 않아도 일어나는
   맵찬 하늬바람이.

못 잊음은 흔들림인가?
사그라져 가는 불씨를 왜 흔들어 살리는가?
존재하는 것은 모두 흔들린다.
살아있는 자나 떠난 영혼이나
모두 흔들리고 있다.
작은 부채의 바람에도 ...

제6부

입을 닫고 산다는 것은
마음을 열고 사는 것이라네

제6부 입을 닫고 산다는 것은

저 강은 알고 있다

용서란 고장 난 저울에 달아야만 한다.
잘잘못은 정확한 저울에 달아
상대방을 용서할 수는 없다.
용서란 상대방을 향해 기울어진
고장 난 저울에 달아야만 가능하다.

저 강은 알고 있다.
내가 얼마나 많은 세월을
애증의 강가에서 서성였는지를 …

저 강은 알고 있다.
이 작은 가슴에
증오의 덩어리가 너무 커서
나를 태우고 갈 배가 없었다는 것을…

저 강은 알고 있다.
내가 지고 있는 짐이
얼마나 무거웠는지를 …

한탄강 합수머리

신답리 지나 청산 아우라지
작은 흐름 둘이 모여 하나 되어 흐르는 곳
고문리 사격장 굴막사를 지나
절망의 붉은등에서 흘러내린 기다림은
재인폭포에서 떨어진 물과 통증을 달래며
불탄소를 거쳐 합수머리에 이르면
순백의 희망이 되어 하나 되어 흐른다.

임이여!
저 강은 알고 있습니다.
깊고 먼 기다림의 뿌리가 어디서부터인지를

임이여!
절망으로부터 시작된 과거의 흐름은
우리의 기다림만큼이나 애절한 깊이가 있습니다.

임이여!
당신의 긴긴 기다림을 위로하며
오늘 밤새도록 꽃 뿌림을 합니다.
더 큰 하나 됨을 위하여….

* 아우라지 : '어우러진다'는 뜻으로 두 물줄기가 하나의 강을 이루는 데서 유래된 말
* 합수머리 : 두 갈래 이상의 물줄기가 한데 모이는 곳의 가장자리.

한탄강에서 나를 건지다

내 기억이 살아 숨 쉬는 한탄강에
열 칸짜리 그물을 쳤다.

물살이 센 여울에는 아직도 풀지 못한
고인 매듭들이 떠내려가고 있었다.

큰 고기는 그물을 타고 넘었고
작은 고기는 그물을 뚫고 나갔다.

낯익은 고기 한 마리 그물에 걸린다.

반짝거리는 수많은 상처의 비늘이 떨어져 나가고
물 위에 올라온 낯익은 고기 한 마리
둥근 눈에 알 수 없는 눈물 가득 채우고
전설같이 인어가 된다.

한탄강에 숨어있는 증오의 잔재

반짝이는 미련을 보고
투망을 던졌다.

잡힌 것은 아무것도 없었다.
작은 비늘 몇 개만이
그물코에 흔적을 남기고 있다.

눈을 감고 어둠을 향해
다시 투망을 던졌다.

이끼 낀 커다란 덩어리가 잡혔다.
아니, 움직일 수 없는 세월에
오늘도 내가 잡혔다.

한탄강의 침묵

무엇을 남기고 떠나왔기에
저리도 빈 모습을 하고
돌아와 앉아서 떠날 줄 모르나.

굽이져 흐르는 강물은
떠밀려 내려온 젊음을
잠시 멈추게 하고
저리도 숨죽이는 침묵을 만드는가.

밀려오는 물줄기에 비켜서지 못하고
끝없이 표류하다
잠시 뒤돌아본 물살

둥글둥글해진 자갈 틈에
아직도 각을 이룬 돌멩이 하나
시린 강바람만
야속한 물소리를 달랜다.

조약돌의 쓴웃음

내가 넘어져 만든 상처를
나를 넘어뜨린 돌부리만 탓하면서
내 마음이 기울어진 것을 알지 못하고
오늘도 나를 태운 배가
한쪽으로 기울어진 것만 탓했다.

침묵하고 있음이 치욕이라 생각하면서
오늘도 걸어 잠근 용서의 빗장을 풀어보려고
영혼 없는 불탄소 강벼랑에 소리를 질러본다.

내 절규를 엿들은 한탄강 강물은
더 깊은 시름에 잠기고
상처가 무엇인지 말해주는 듯
수천 년을 거친 물살에 깎여온 조약돌 몇 개가
쓴웃음을 지으며 나를 비웃는다.

침묵 속에 떠내려간 애정의 세월

한탄강 강가에서
둥글둥글해진 자갈을 보면 흉터가 보이고
작은 모래알을 보면 침묵의 세월이 보인다.

작은 문을 통과하려면
고개를 숙이고 들어가야 하는데
문지방에 걸려 넘어진 것은 실수였고
같은 데서 두 번 걸려 넘어진 것은
나의 부주의였다.

정말 말 없는 침묵은
자갈이나 모래알처럼 눈에 보이지 않고
물살에 깎여 떠내려간 상처였다.

정말 소중한 것은
침묵의 세월에 떠내려간
흔적도 없는 애증의 세월이었다.

그냥 지나간 바람인데

우리 눈을 뜨지 맙시다.
천년세월 무게의 추를 달고
깊은 바닷속에 잠겨버립시다.
증오의 세월은 지나간 바람일 뿐이에요.

우리는 항상 말로 자신을 표현하는 데 실패해 왔고
오직 애증의 끄나풀이
그나마 이토록 오랜 세월
참고 기다리게 해왔지요.

그냥 지나간 바람이에요.

올가을 유난히
차탄리 길가에
코스모스꽃 한 송이가 조용하네요.

날고 싶은 욕망을 잘라버리는 여왕개미

개미는 싸움할 때
상대방을 가장 먼저 공격하는 곳은 다리다.
다리를 잘라 놓아야만 꼼짝을 못하니까.

사람들은 가끔 싸움할 때
상대방을 가장 먼저 공격하는 곳이 돈줄이다.
돈줄을 끊어 놓아야만 힘을 못 쓰니까.

여왕개미는 종족 번식을 위한 의무인
짝짓기 비행을 마치고 나서
자기 날개를 스스로 떼어낸다.
다시 날고 싶은 욕망을 버리기 위해.

욕망을 버리기 위해
스스로 날개를 떼어내는 것은
신앙이며 의무다.

제7부

아름다운 세상이 존재하는 것은
진리가 아니라 믿음이라네

제7부 아름다운 세상이 존재하는 것은 진리가 아니라 믿음이라네

내 오두막 신전

어머니!
제 가슴 속 조그만 오두막 신전에는
시뻘건 한탄강 강물에 떠내려간
어머니 마음을 모시고 살고 있습니다.

얼마나 삶이 괴로웠으면
어린 자식 보는 앞에서
장마철 시뻘건 강물에 몸을 던지셨겠습니까?

오늘도
신(神)을 생각하다가
어머니를 생각하고 있습니다.
눈물이 나네요….

어머니!
이 작은 가슴 오두막 신전에 군불을 지피며
어머니가 누우실 아랫목을 뎁히고 있습니다.

어머니!
제 가슴 속 작은 오두막 신전에는
항상 어머니가 계십니다.
저를 위해 하시는 기도 소리가
오늘도 들려오네요…

다시 아궁이에 군불을 지피면서

배고프고 어렵던 시절
아궁이에 군불을 지피고
화롯불에 고구마를 구워서 나눠 먹던 시절
식구들의 가슴 따끈따끈했었지요.

언제부턴가 아궁이의 불이 꺼지면서
그 뜨끈뜨끈했던 우애와 사랑이 식어간 형제들
지금은 어디서 누굴 위해 군불을 지피고 있나요?

오늘
불이 꺼진 아궁이에 다시 젖은 장작을 넣으며
뜨거운 눈물을 불쏘시개로 군불을 지핍니다.
자신을 위해
나를 위해서

옥수수 토시 하나

말없이 보낸 흙 속의 세월…

따가운 햇볕 길게 머물다 간 옥수수밭
서러움이 퉁퉁 부어오르도록
울어버린 옥수수 토시 하나
뒤뚱 뒤뚱거리며 불어온 작은 바람에
물기 없는 머리카락 날리고 있다.

긴긴 여름 삼베옷에 모시 적삼 겹겹이 두르고
탈상을 기다리는 옥수수 토시 하나
흙 속에 묻은 고뇌 가늘게 뽑아 올려
수천 필의 베를 짠다.

바람도 비켜선 생(生)의 비탈밭
기다림이 사마귀처럼 돋아난
옥수수 토시 하나
꿈꾸는 작은 알갱이 꼽추처럼 등에 업고
진한 흙내음에 취해 긴 침묵에 잠긴다.

말없이 보낼 흙 속의 세월…

꼭 오고야 말 행복(메리골드)

메리골드
꼭 오고야 말 행복이라면
당신과 함께 하겠습니다.

메리골드
꼭 오고야 말 행복이라면
용서를 빌고 용서를 하겠습니다.

메리골드
꼭 오고야 말 행복이라면
미동(微動)도 하지 않는 당신 마음을
끌어올리는 마중물이 되겠습니다.

메리골드
메리골드
꼭 오고야 말 행복이라면…

* 메리골드 : 메리골드의 꽃말 "꼭 오고야 말 행복"

San Da로부터 온 메시지

For My Life

Better the last smile than the first laughter.
Yes, I know that everything comes to those who wait

내 삶을 위하여

마지막 미소가 처음의 웃음보다는 더 낫다.
예. 알지요 모든 것은 기다림으로부터 온다는 것을.

용서와 화해의 날(매월 말일)

용서를 빌든 용서를 하든 용서와 화해는 결국
우리 자신을 위한 것입니다.

용서와 화해는 쌓아 두었다가 한 번에 다 주고받는 것
보다는 늦지 않게 서로 주고받는 것이 중요합니다.

형제간에 용서와 화해는 의무사항이고
이웃과의 용서와 화해는 하늘의 뜻입니다.

용서와 화해는 진실만으로 열리지 않습니다.
용서와 화해는 기도만으로 열기가 어렵습니다.
용서와 화해는 계산기가 필요없습니다.

형제는 부모님이 주신 선물입니다.
이웃은 하늘이 주신 선물입니다.

우리의 가슴속에는 잘못을 숨길 장소는
마련돼 있지 않습니다.
그래서 쌓이면 통증이 오는 것입니다.

분노하여 당긴 화살은
결국은 자기 자신에게 돌아옵니다.

매월 말일은 용서와 화해의 날로 정하고
웃으며 삽시다.

용서의 날 제정 추진위원회
경기도 연천군 연천읍 현문로 433-27
용서의 날 추진위원장 신광순 010-5342-9497

■ 글벗시선 211 신광순 시 · 단상집

애증愛憎의 강을 건너며

인 쇄 일 2024년 2월 24일
발 행 일 2024년 2월 24일
지 은 이 신 광 순
펴 낸 이 한 주 희
펴 낸 곳 도서출판 글벗
출판등록 2007. 10. 29(제406-2007-100호)
주   소 경기도 파주시 와석순환로 16,(야당동)
         롯데캐슬파크타운 905동 1104호
홈페이지 http://cafe.daum.net/geulbutsarang
E-mail   pajuhumanbook@hanmail.net
전화번호 031-957-1461
팩   스 031-957-7319
가   격 12,000원
I S B N 978-89-6533-278-7 04810